BLOOD LAD
ME ALEGRA VER...
GOOO GOOO
...QUE SIGUE HABIENDO IDIOTAS EN ESTE MUNDO DISPUESTOS A ENFRENTARSE A MÍ.
PERO POR TUS PALABRAS, BRAZ, NO PARECE QUE PRETENDAS HACERTE CON EL TRONO.
¿A QUIÉN PRETENDES CORONAR?

CAPÍTULO 21 ♠ENFADO+GAFAS= ¡CUIDADO!
BLOOD LAD
YUUKI KODAMA

ÍNDICE

ES EVIDENTE.
A ALGUIEN MÁS DIGNO DE ESE HONOR QUE USTED.
¡¡JA, JA, JA, JA!!
¿LE PARECE HILARANTE?
¡CLARO, POR SUPUESTO!
SI NO FUERA ASÍ, ¿POR QUÉ TE ESFORZARÍAS TANTO?
...
GRAB
ALGUIEN MÁS DIGNO QUE YO, ¿EH?
GOO GOOO
SI FUERA COSA MÍA, SOLO SE ME OCURRE UN CANDIDATO...

...
¿Y DE QUIÉN SE TRATA?
NO TE LO DIRÉ.
NO HASTA QUE ME DIGAS TU CANDIDATO.
Y AHORA...
PLONC
SHAAA
GOOO GOOO
TRAS TU DIVERTIDA DECLARACIÓN DE GUERRA...
...DECIDAMOS TU CASTIGO, ¿TE PARECE?

NO PENSARÁS QUE TE DEJARÉ IRTE DE ROSITAS TRAS MATAR A TODOS MIS SUBORDINADOS, ¿VERDAD?
LO CIERTO...
...ES QUE MIS ACCIONES POR SÍ SOLAS BASTAN PARA CONDENARME A MUERTE.
PERO... SOY EL ÚNICO CAPAZ DE TRAER HASTA AQUÍ AL QUE PODRÁ SUSTITUIROS.
VAMOS, CHICO... NO CREES QUE TE PERDONARÉ LA VIDA SOLO POR DECIRME ESO, ¿VERDAD?
EN REALIDAD TENDRÍA QUE SER JUSTO AL REVÉS. SI TE MATO AHORA...
...Y ENVÍO TU CABEZA VOLANDO HACIA ESA PUERTA, NADIE PODRÍA OCUPAR MI LUGAR.
O LO QUE ES LO MISMO, EL TRONO ESTARÍA A SALVO.
Y TU ESTÚPIDA DECLARACIÓN DE GUERRA SOLO SERÁ PAPEL MOJADO.
¿GENIAL, NO TE PARECE?
¿NO CREES?
...

TIC TIC
TIC TIC
TIC TIC
FLIP
MENUDA CONCENTRACIÓN CUANDO USA EL ORDENADOR, SR. GOYLE.
¿TAN INTERESANTE ES?
RONL RONL
NO ME DISTRAIGAS AHORA.
TIC TIC
ESE TÍO YA LLEVA UN BUEN RATO AHÍ DENTRO.
¿NO CREE QUE YA ES HORA DE SACAR DE AHÍ AL SR. "GAFAS CHULAS"?
CLARO, ADELANTE. VE TÚ MISMA.
VAALE...
ESTÁ ENGANCHADO...

LE ARRESTARÉ EN CUANTO SALGA DE AHÍ.
VENGA CUANDO ACABE CON SUS INVESTIGACIONES.
SÍ.
ME TEMO...
...QUE NO SALDRÁ DE AHÍ CON VIDA.
AVISTAMIENTOS, REGISTROS PERDIDOS, INCLUSO SU ATAQUE...
HAY TANTOS DATOS QUE APUNTAN A LA IDENTIDAD DE PANTOMINE...
¿PERO POR QUÉ, CUANDO CRUZO ESOS DATOS...
CON LA ELIMINACIÓN DE PAPLADON...?
NO HAY DUDA DE QUE EL REY LO HA CONVOCADO POR ESTE ASUNTO.
ENTONCES, ¿POR QUÉ?
Y SI ÉL TAMBIÉN LO SABÍA...
¡¿POR QUÉ HA VENIDO HASTA AQUÍ, A UNA MUERTE SEGURA?!

SÍ... POR SUPUESTO, ES LO QUE USTED PENSARÍA.
SI MATARME EN MI SITUACIÓN ACTUAL, CON UN COLLAR QUE INHIBE MIS PODERES,
LE AYUDA A CALMAR SUS NERVIOS, POR FAVOR, ADELANTE: ACABE CON MI VIDA.
HUM...
DEBO DECIRTE...
...QUE ESTE TIPO DE COSAS ME SACAN DE QUICIO.
LO SÉ.
ASÍ PUES, YA QUE ME HE CALMADO, TE DOY TRES DÍAS...
...PARA QUE ME TRAIGAS AL HOMBRE QUE OCULTAS TRAS ESA SONRISA TAN FRÍA.
ESE EN EL QUE PARECES CONFIAR TANTO.

Y CUANDO LO HAGAS...
OS HARÉ TRIZAS...
...A LOS DOS.
SI ME LO PERMITE, DESEARÍA AL MENOS UNA SEMANA.
NI HABLAR.
SI NO PUEDES HACERLO EN TRES DÍAS, TE MATARÉ AQUÍ Y AHORA.
¿LO HAS PILLADO? AHORA, LARGO.
HUM...
VEO QUE SIGUE TAN IMPACIENTE COMO SIEMPRE.
BRAZ, ME PERTURBA QUE ME CONOZCAS TAN BIEN.
PIENSO IGUAL.

FIIISH
ME VOY...
SU CARA ME DICE QUE SABE QUE, EN ESTOS MOMENTOS, AÚN NO PUEDE ACABAR CONMIGO.
ME CONOCES MUY BIEN, ¿NO ES ASÍ?
PERO NO SABES NADA DE LO QUE SUPONE SER EL REY.
¿TAL VEZ TENDRÍA QUE HABÉRSELO DICHO...?

PLAS
BUENAS.
¿ME ESTABAS ESPERANDO, CIELO?
IDIOTA...
GRR
GRR
LO HACES APOSTA, ¿VERDAD?
¿QUIERES CONOCER EL DOLOR, CUATRO OJOS?
VAYA... TU GOMA DE MASCAR NO HA ESTALLADO ESTA VEZ.
¡¿Y SI HAGO ESTALLAR TUS GAFAS, EH?! ¡¿TE GUSTARÍA ESO?!
SÍGUEME.
TE LLEVARÉ A UN LUGAR MÁS ADECUADO PARA LAS GAFAS.
¿UNA FUNDA?
CIERRA EL PICO.

ENTRA AHÍ.
...
EL JEFE GOYLE ESTARÁ CONTIGO EN UN MOMENTO.
CREO QUE QUIERE HACERTE ALGUNAS PREGUNTAS.
¡UGH!
¿QUÉ TE PASA AHORA?
ME HE CORTADO LA MANO CON UN CLAVO DE LA PUERTA.
¡ES TERRIBLE!
ÑAC
¿UN CLAVO? NO LO VEO...
¡OLVIDA ESO!
COMO ME HE CORTADO...
MIRA...
GOOOO

BANG
¡AH!
¡¡UAAAAH!!
PLAF
PLAF
¡¡AYÚDAME!! ¡¡NO QUIERO MORIR!!
YA, SÍ...
PERO, AUNQUE DIGAS ESO...
¡¡DEJA YA DE USAR MAGIA!!
YA TE LO DIJE ANTES, ¡NO PUEDO CONTROLARLO!! ¡¡MI CUERPO SE REGENERA EN CONTRA DE MI VOLUNTAD!!
¡¡DATE PRISA Y QUÍTAME ESTE COLLAR!! ¡VAMOS!
UGH...
¡¡RÁPIDO!!

GRACIAS.
TIENES UN CORAZÓN DE ORO.
DEBO DARTE LAS GRACIAS POR PONERME ESE COLLAR Y ETI-QUETARME COMO ALGUIEN INDIGNO DE MATAR.
ERA LA MEJOR POSICIÓN PARA MI ENTREVISTA CON EL REY.

SOY YO QUIEN NECESITA PLANES ALTERNATIVOS, PADRE WOLF...
PERO AUN ASÍ...
...TRES DÍAS SON MENOS DE LOS ESPERADOS. TENDRÉ QUE APLAZAR MIS EXPERIMENTOS.
CHAC
SE HA CURADO.
SI NO APROVECHO BIEN EL TIEMPO...
EL ESCENARIO ESTÁ LISTO...
LOS ACTORES PREPARADOS...
GOOOOO

¿QUÉ ESTÁ PASANDO?
BEROS DIJO QUE DETENDRÍA A BRAZ EN CUANTO SALIERA...
TAP
TAP
TAP
LA SEÑORA BEROS SE LLEVÓ AL DETENIDO A LA SALA DE INTERROGATORIOS.
NO PUEDO CREER QUE SALIERA CON VIDA...
NO PUEDE SER..
!
FASH
¡¿SANGRE?!
¡¡NO ES POSIBLE!!
¡¿AGENTE?!
¡¿AGENTE BEROS?!

NO... NO...
NO PUEDE SER VERDAD...
¡¡AGENTE BEROS!!
うっ...
UGH...
うっ...
UGH...
ドキ
TUTUM
ドキ
TUTUM
ドキ
TUTUM
BRAZ D. VLAD...
HAS OSADO
HERIR A UNO DE MIS SUBORDINADOS...

GRRRR
CRIC
ES IMPERDONABLE...
¡¡AUNQUE EL REY TE PERDONE LA VIDA...
...YO TE MATARÉ SIN PIEDAD!!
¡¡TE MATARÉ, TE MATARÉ, TE MATARÉ!!
¡¡CIEN VECES!! ¡¡MIL VECES!! ¡¡MIL MILLONES DE VECES!!
¡¡TE MATARÉ SIN PIEDAD!! ¡¡TE ASESINARÉ!! ¡¡VERÁS LO MUERTO QUE PUEDES ESTAR!!
¡¡TE ANIQUILARÉ!! ¡¡TE PERSEGUIRÉ Y DARÉ MUERTE!!

¡¡BLEEEEERGH!!
ドバ
CHOOF
BOB
グン
グン
BLOB
BOB
グン
BLOB
MAGIA ESPECIAL...
ANGRY SPEAR.

LA FUERZA DEL MONSTRUO QUE HE CREADO ES PROPORCIONAL A LA FURIA QUE SIENTO.
¡¡VUELA HACIA EL OBJETIVO DE MI IRA!!
¡¡LUCHA A MI LADO A PARTIR DE AHORA!!
¡¡DESTROZA A BRAZ SIN PIEDAAAAAAAAAAAD!!
YAHHHHH
PLIC
PLIC
SIGH...
HUUUM...
ZZZZ

AGENTE BEROS... NO PUEDO SOPORTAR PERDER A UN SUBORDINADO TAN VALIOSO.
TE VENGARÉ.
FASH
¡VAMOS, ANGRY!!
¡YAH!
GOOO

LO IMAGINABA...
ESTE COLLAR NO SOLO INHIBE MIS PODERES...
SE SUPONE QUE CONTIENE SABUESOS QUE APARECEN PARA DEVORAR LA MAGIA CUANDO ESTA SE LIBERA.
¿PERO DE DÓNDE SALE LA MAGIA NECESARIA PARA MANTENER EL PROPIO COLLAR?
DE LA MAGIA CONTENIDA EN MI CUERPO, OBVIAMENTE.
ES DECIR, QUE EL SOLO HECHO DE PORTAR EL COLLAR ESTABA ABSORBIENDO MI PODER.
ESA ERA LA VERDADERA MALDICIÓN DE LA QUE HABLABA BEROS.
HICE LO CORRECTO DURMIÉNDOLA Y EVITANDO UN ENFRENTAMIENTO DIRECTO.
FIIISH
シュウウウ
QUÉ POCO PODÍA IMAGINAR QUE LAS "HIERBAS PARA DORMIR" QUE TOMA LIZ CUANDO SE DESVELA
ME IRÍAN TAN BIEN EN ESTA SITUACIÓN.
PERO...
SHAAAA
COMO SIGA ASÍ, NO TENDRÉ SUFICIENTE MAGIA PARA VOLVER A CASA.
SERÁ MEJOR QUE ME APRESURE Y ENCUENTRE DONDE DESCANSAR...
SHAAAA

FUOOOOOSH
...ANTES DE QUE ME DEN CAZA.
¡¡TE ENCON-TRÉ, BRAZ!!
!

ドカッ
TUMP
UGH...
RONL
RONL
¡AH!
!
¡SE-RÁS IDIO-TA!
¡¡NO PUEDES EMPU-JAR A LA GENTE POR LOS PRECIPI-CIOS!!
¡LA CALLE PRIN-CIPAL ESTÁ JUSTO ABA-JO!

CRAASH

ZAS
MADEMOISELLE...
SIENTO MUCHO MI PRECIPITADA INCURSIÓN EN SU ENCANTADORA HABITACIÓN.
GRAB
MÁS TARDE ABONARÉ LOS DESPERFECTOS.
GLOC
GLOC
TAP
UN TÉ EXCELENTE, DEBO FELICITARLA. VEO QUE SE HA PREOCUPADO EN PREPARARLO COMO ES DEBIDO.
AH, POR CIERTO, ¿ESTE ES SU TELÉFONO MÓVIL?
SE LO TOMO PRESTADO POR EL MOMENTO.

PI PI PI
PI PI
RIIIING
!
¿DI-GA...?
¿LIZ? SOY YO.
¡¿HER-MANO?!
¿DÓNDE ESTÁS?
EN CASA... HACIENDO UN PUZLE.
BIEN, BUENA CHICA.
LO CIERTO ES QUE AHORA ESTOY HUYEN-DO.
¡¿QUÉ?!
NO TENGO MU-CHO TIEMPO, ASÍ QUE IRÉ DIRECTO AL GRANO.
COGE TU HACHA Y VEN A LA CALLE PRINCIPAL DE PALACE EN MEDIA HORA.
ESPÉRAME DELANTE DE TU PUESTO DE HELADOS PREFERIDO, ¿DE ACUERDO?
SÍ... ¡SÍ, ENTEN-DIDO!
POR EL MOMENTO NECESITO ESCONDERME EN ALGUNA PARTE. VEN LO MÁS RÁPIDO QUE PUE-DAS.
ERES LA ÚNICA QUE PUEDE AYUDARME, LIZ.

¡CLARO!
NOS VEMOS EN MEDIA HORA.
PI
CLAC
パタン
¡¡BRAZ!!
MALDITA SEA, ¡¿DÓNDE SE HA METIDO?!
TAP
ス
¡¡ESCONDERTE NO TE SERVIRÁ DE NADA!!
TREINTA MINUTOS... PODRÍA RECUPERAR MUCHA MAGIA EN ESE PERIODO DE TIEMPO, AUNQUE SEA CORTO...
SHIII
ガラッ
TAP
ス
¡¡AAAH!!
PSSSSSSSSSSHIII
¡¿PERO QUÉ HACES, TÍO?!

DISCULPE.
ES QUE NO PODÍA AGUANTARME MÁS.
YA, VALE, ¿PERO ERA NECESARIO ENTRAR POR LA VENTANA?
¿YA HA ACABADO?
¡SÍ, YA ESTÁ, GRACIAS!
TAP
PERFECTO, ENTONCES.
¡MMMMPF?
FRAS
FRAS
HUM...
ÑIIIC
SERÁ MEJOR QUE TE LAVES BIEN LAS MANOS MIENTRAS SUEÑAS.
BLAM
VEAMOS... ¿CÓMO ME LIBRO DE LA PERSECUCIÓN...?

CLINC
YA VOY, HERMANITO...
GOO GOOO

FLASH
BOUM
FLAP
YA ESTOY DE CAMINO...
¡¡ASÍ QUE EVITA QUE TE ATRAPEN!!
SHAAAA

¡¡UAAAH!!
TAP
TUMP
RLON
RLON
¡VE CON MÁS CUI-DA-DO!
¿DE QUÉ VAS?
FRAS
NO PUEDE SER...
NO PARO DE MOVERME Y DE CAMBIAR MIS ROPAS...
¿CÓMO PUEDE SABER QUE...?
¡¡UAAAH!!
¡¡PERO BUENO!! ¡¡ANGRY!!
GRAB
GRAB

¡YAH!
TAP
¿ES COSA DE ESA CRIATURA?
¿TAL VEZ SABE CÓMO RASTREARME...?
SI ES ESO, ESTOY EN PROBLEMAS...
¡AHÍ ESTÁ!
¡YAH!
NO SOLO TENGO QUE AGUANTAR MEDIA HORA...

ARF
ARF
ARF
...SINO QUE TENGO QUE PENSAR CÓMO SALIR DE ESTA.
NOS VEMOS DE NUEVO, BRAZ...

HIERBAS PARA DORMIR

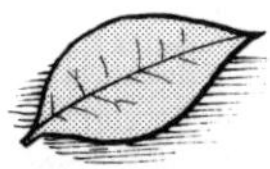

RAREZA ✰✰

SE TRATA DE UNA PLANTA QUE PRODUCE UN RELAJANTE EFECTO, IDEAL PARA CONCILIAR EL SUEÑO CUANDO SE INHALA. TAMBIÉN PUEDE PREPARARSE EN INFUSIÓN, COMO UN TÉ DE HIERBAS.

BLOOD LAD

CAPÍTULO 27 ♠ MASA PARA OKONOMIYAKI

CHAN
¡¡HASTA QUE MI IRA...
...SE CALME!!

CAPÍTULO 27 ♠ MASA PARA OKONOMIYAKI

FRRRRSH
UGH...
A ESTE PASO NO PODRÉ HUIR...
PRRRTZ
¿UN ESCUDO DE FUERZA? VAMOS, BRAZ, NO TE RESISTAS INÚTILMENTE...
¡CON ESO SOLO CONSEGUIRÁS ENFURECERME MÁS!

CRIC
SU PODER HA AUMENTADO...
ES... ¡¡ESPERA!!
¡¡LAS COSAS NO SON LO QUE PARECEN!!
FSSSH
¡NO MATÉ A BEROS!
¡¡SOLO LA NARCOTICÉ!! ¡¡DE VERAS!!
...
CÁLLATE...
FSSSH
¿YA NO ES TAN FUERTE?
FSSH
LA SANGRE QUE ESTABA A SU ALREDEDOR ERA MÍA... ¡CRÉEME!
FSSHH
QUE TE CALLES...
PERO...
MI MAGIA YA HA EMPEZADO A...

TUMP
¡COF!
BLOB ボタ
BLOB ボタ
QUERÍA QUE ESCUPIERAS INFORMACIÓN, NO SANGRE...
AÚN HAY TIEMPO, BRAZ...
SI ME DICES DE QUÉ HABLASTE CON SU MAJESTAD
Y QUÉ PLANEAS HACER DE AHORA EN ADELANTE...
ENTONCES NO ME MATARÁS, ¿NO?
JU...

ENTIENDO.
¿QUÉ?
HACES BIEN.
NO.
CRIC フラッ
YA ENTIENDO CÓMO FUNCIONA TU PODER.
FSSSH FSSS
スウ… SHIII
!
ズザッ
TUMP
¿SU SANGRE HA...?
ビシャシャッ
SLASH
TAP
ビチャ
PRTZ
ビチャ
PRTZ
ビチャ
PRTZ

PERMITA QUE TE MUESTRE...
MI MAGIA ESPECIAL...
GOOO GOOO
BLOOD STALKER, LA SANGRE ACOSADORA.
PUEDO CONTROLAR MI SANGRE A VOLUNTAD.
Y DARLE LA FORMA QUE DESEE. ¿NO ES ADORABLE?
JU.
CRICC
Y YO QUE PENSABA QUE SERÍA ALGO REALMENTE PODEROSO...

NO ES MÁS QUE UN TRUCO INFANTIL.
¿EN SERIO PRETENDES DERROTARME CON ESO?
NO, EN ABSOLUTO.
COMO PUEDES VER, HE PERDIDO BASTANTE SANGRE, Y ESTOY ALGO AFECTADO.
NO ESTOY EN CONDICIONES DE LUCHAR.
POR ESO TE HE MOSTRADO ESTA HABILIDAD.
?
CON ELLA, PUEDO CONTROLAR MI SANGRE...
スウッ･･･
FLISH
...DONDEQUIERA QUE ESTÉ.
EN OTRAS PALABRAS...
TAMBIÉN PODRÍA CONTROLAR LA SANGRE...
...DEL LUGAR DONDE DUERME BEROS.

UGH...
ガッ
GRAB
ES UN FAROL.
シオ シオ
SHII SHIII
LO SUPONÍA... SU PODER HA DISMINUIDO...
¿QUÉ TE HACE PENSAR ESO?
TU IRA SE ORIGINÓ CUANDO CREÍSTE QUE BEROS ESTABA MUERTA, ¿NO ES CIERTO?
LA PREOCUPACIÓN Y LA DESAZÓN...
...PUEDEN APAGAR LA RABIA.
¿NO TE PARECE RARO ESTAR AÚN PREOCUPADO POR ELLA?
シュウゥゥ
SHIII
¿POR QUÉ NO TE CALMAS UN POCO Y CHARLAMOS CON TRANQUILIDAD?
¿QUÉ TE PARECE...
...SI NOS TOMAMOS UN HELADO MIENTRAS TANTO?

SLURP
¿QUÉ ME DICES?
...
MALDITO CUATRO OJOS...
ESO NO ES CIERTO.
ES UN HERMANO MAYOR EXCELENTE, ESTOY MUY ORGULLOSO DE ÉL.

¡PERFECTO! TIENE QUE SONAR ASÍ.
...
ESO, ESO
PERO NO PUEDO DECIR QUE QUIERO MATARLO, ¿VERDAD?
NO, QUÉ VA.
ENTIENDO TUS SENTIMIENTOS, PERO A MAMÁ LE CAE MUY BIEN BRAZ...
¡Y COMO ERES SU HERMANO MENOR, TIENES QUE DAR ESA IMAGEN!
SÍ, HABLANDO DE ESO...
¿CUÁNDO VA A SALIR?
YA HACE MEDIA HORA QUE ENTRÓ...
¡¿QUÉ ES LO QUE QUIERE DE ELLA, EXACTAMENTE?!
¡¡POR ESO TE DIJE QUE NO TE PREOCUPARAS POR ESAS COSAS!!
¡¿NO VES QUE NO LA CONOCE DE NADA?!
ÑIIC
Y ME DICEN QUE YA PODÉIS ENTRAR.
VAYA...
PERDONAD...
PERO AQUÍ DENTRO LO OÍMOS TODO...

YA OS VALE, CHICOS... ESTABA INTENTANDO HABLAR CON FUYUMI...
¡PERO ME HA SIDO IMPOSIBLE CON VUESTROS GRITOS AHÍ FUERA!
¿CÓMO QUE "CHICOS"?
¡ES TODO CULPA DE ESE!
TAP
ES USTED PRECIOSA. ENCANTADO DE CONOCERLA.
SOY EL VAMPIRO STAZ, A SUS PIES, SEÑORA.
GRACIAS POR AYUDAR SIEMPRE A MI HERMANO.
POR FAVOR, CONCÉDAME LA MANO DE SU HIJA.
¡¡CIERRA EL PICO, IMBÉCIL!!
...
¡¡NO RECITES LO ACORDADO COMO SI LO ESTUVIERAS LEYENDO!!
?
¿ES QUE QUIERES SER UN ROBOT O ALGO? ¡¿Y A QUÉ VIENE ESO QUE HAS DICHO AL FINAL?!
ESTO... PERDONAD, PERO...
CHICOS...

¡¡JA, JA, JA, JA, JA, JA!!
¡¡Y YO QUE ME PREGUNTABA QUÉ ESTABAIS TRAMANDO...!!
¿PRACTICASTEIS ESTO EN EL PASILLO?
AY, QUÉ RISA...
Y TÚ ERES STAZ, ¿VERDAD? BRAZ ME HA HABLADO DE TI.
AH... HOLA.
Y DESEAS...
...RESUCITAR A FUYUMI, ¿VERDAD?

BRAZ QUERÍA QUE LE AYUDARA CON LA RESURRECCIÓN...
...PERO ME NEGUÉ.
NO PUEDE SER, PORQUE FUYUMI ES MÍA.
NO DEJARÉ QUE LA RESUCITES SIN MI PERMISO.
TUTUM
SI QUIERES BEBER SANGRE FRESCA...
TUTUM
...NO ME IMPORTA QUE TOMES LA MÍA, STAZ. ♥
TUTUM

VAMOS...
GLUPS
QUÉ SENSACIÓN MÁS EXTRAÑA...
ES COMO AQUELLA VEZ...
ES LO MISMO, ¿NO?
¡¡PERO BUENO, MAMÁ!!
VAMOS, VAMOS, NO TE PONGAS CELOSA PORQUE NO TIENES NINGÚN TIPO DE ATRACTIVO.
¡¡PERO SI NO ES POR ESO!!
YA TE VALE, MAMÁ... NO HAGAS ESO DELANTE DE NOSOTROS...
¡¡ESO ES!! ¡¡NEL TIENE RAZÓN!!
¡¡PARA YA, ANDA!!
TUTUM
ドキドキ
TUTUM
...
ME PREGUNTO...

...QUÉ ES ESTA MUJER.
POR CIERTO...
¿HABÉIS OÍDO HABLAR DE LOS DOPPELGÄNGER?
EN EL MUNDO EXISTE UNA PERSONA IDÉNTICA A TI...
...Y SI LA ENCUENTRAS CARA A CARA, MORIRÁS.
AUNQUE EN REALIDAD...
...NO MORIRÍAS.
FLIP
AQUÍ ESTÁ.
VENID AQUÍ, CHICOS.
QUIERO ENSEÑAROS ALGO INTERESANTE.

ESTA ES UNA FOTO DE BELL CUANDO TENÍA DOS O TRES AÑOS.
¡¡AH!!
¿¡QUÉ HA-CES?!
¡AH!
¡QUÉ MONA-DA!
NO HA CAM-BIADO NADA.
¡CIE-RRA LA BOCA!
NO ES ESO.
HABLAS DE MÍ, ¿VER-DAD?
SÍ. PARECE QUE HA HABIDO ALGUNOS CAMBIOS...
...PERO NO HA ENVEJECI-DO DESDE ENTON-CES.
SÍ... MI ASPECTO ES EL MISMO DESDE ENTON-CES.
¿ASÍ QUE ME HAS USA-DO COMO BASE COM-PARATI-VA...?
¡¡PUES MUCHAS GRA-CIAS!!
¿Y ENTON-CES QUÉ? ¿INTENTAS DE-CIR QUE ERES TAN ATRACTIVA COMO SIEM-PRE?
PERO... ESTE LUGAR...
HERMANITA...

RECONOZCO... EL LOCAL DE LA FOTO...
ES UN LOCAL DE OKONOMIYAKI.
¡SÍ! COMO ESTÁ CERCA DE CASA, PAPÁ Y YO SOLEMOS IR A COMER ALLÍ.
SOLÍA TRABAJAR ALLÍ.
¿CÓMO?
ES PORQUE EN AQUELLA ÉPOCA ME GUSTABA MUCHO EL OKONOMIYAKI.
ASÍ QUE SOLÍA VISITAR MUCHO EL MUNDO HUMANO PARA DEGUSTARLO.
CLIC
お好み焼き
HAS VUELTO A HACER UNA MUECA.
¡JI, JI, JI!
BIEN, VAMOS.
MUCHAS GRACIAS POR TODO, SE LO AGRADEZCO.
QUE TE VAYA TODO BIEN...
Y A TI, FUYUMI.

商い中

ひろ

ESA FUE...
...LA PRIMERA VEZ QUE NOS VIMOS.

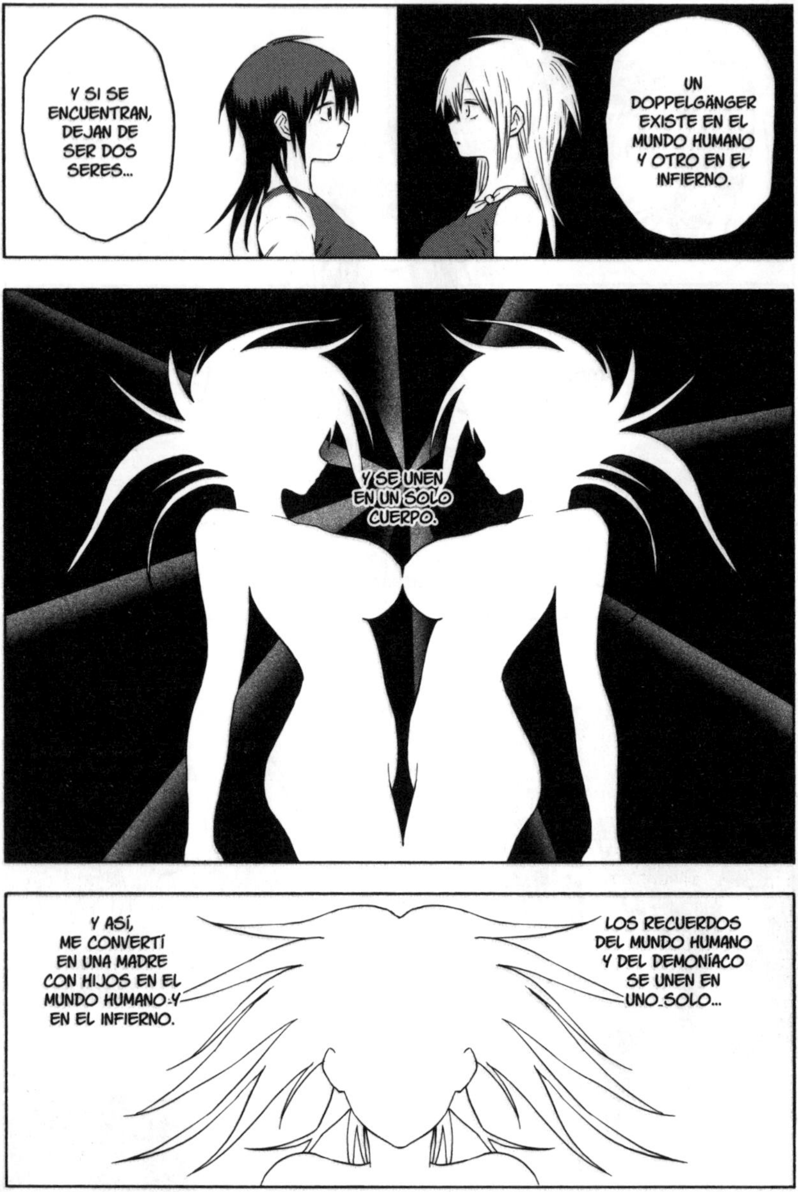
UN DOPPELGÄNGER EXISTE EN EL MUNDO HUMANO Y OTRO EN EL INFIERNO.
Y SI SE ENCUENTRAN, DEJAN DE SER DOS SERES...
Y SE UNEN EN UN SOLO CUERPO.
LOS RECUERDOS DEL MUNDO HUMANO Y DEL DEMONÍACO SE UNEN EN UNO SOLO...
Y ASÍ, ME CONVERTÍ EN UNA MADRE CON HIJOS EN EL MUNDO HUMANO Y EN EL INFIERNO.

BELL...
FUYUMI...
¿ESO SIGNIFICA QUE SOMOS...
...HERMANAS?

PLAF
ESO FUE LO QUE PASÓ.
MAÑANA SI ESO OS CUENTO EL RESTO DE LA HISTORIA. ♥
CLONC
¡¿CÓMOOOOOOO?!
¡¿POR QUÉ?!
¡¡NO PUEDES SOLTAR ESTE TIPO DE COSAS Y DEJARLO A MEDIAS COMO SI FUERA UN CUENTO!!
¡¡ESTÁS COMO UNA CABRA!!
AH... PERO... UN MOMENTO...
JA, JA... VUESTRA REACCIÓN ES TOTALMENTE OPUESTA...
PLIC
ME RECORDÁIS A ALGUIEN...
SHIII
MAÑANA OS CONTARÉ LA HISTORIA DE LOS DOS PADRES.
¡¡PERO BUENO!! ¡¡OIGA!!
¿DE QUÉ VA?
Y NO LE DEIS MUCHAS VUELTAS AL TEMA, ¿VALE?
I'LL BE BACK! ♥

¿A QUÉ HA VENIDO ESO DE I'LL BE BACK?
...
HACÍA MUCHO QUE NO VEÍA A MAMÁ DE TAN BUEN HUMOR...
PERO JAMÁS IMAGINÉ TENER DOS HERMANAS MAYORES.
AUNQUE SI HABLAMOS DE RASGOS HEREDITA-RIOS...
...NO HAY DUDA DE QUE AM-BAS HABÉIS HEREDADO LO MISMO.
SOIS TOTAL-MENTE DISTIN-TAS...
¡¿QUÉ ESTÁS MIRANDO, PERVERTI-DO?!
TUMP
TUMP
TUMP
¡¡PERO BUENO!! ¡¡NO ME DES ESAS PATA-DAS!!
...
YA LO ENTIEN-DO...

POR ESO TENÍA ESA SENSACIÓN, PORQUE TIENE LA MISMA SANGRE QUE FUYUMI.
...
ES LO MISMO, ¿VERDAD?
SÍ, DEBE DE SER ESO.
PERO HAY ALGO QUE NO ME CUADRA.
¿ES PORQUE SU MADRE ES MEDIO DEMONIO?
POR ESO SU ATRACTIVO TAMBIÉN ES LA MITAD...
NO, NO PUEDE SER ALGO TAN SIMPLE.
ES ALGO QUE FUYUMI TIENE... ALGO QUE POSEE QUE...
FUYUMI.
NO ME DIGAS...
...QUE AÚN ERES VIRGEN.

¿EH?
SI ES QUE...
PLAS
カラン
PLAS
カラン
MENU-DOS INMADU-ROS...
BRR
プルプル
BRR
¿ESTÁS BIEN, FUYUMI?
SÍ, SÍ... NO ESTOY HERIDA.
YO NO... NO HABLA-BA DE ESO...
ASÍ QUE BRAZ SE REFERÍA A ESTO...
HABLO DE NOSO-TRAS...
Y TAMBIÉN DE MAMÁ.
AÚN PARECE IRREAL, PERO FUYUMI ES...
MI HERMANITA...
YA...
DEBO CONFESAR QUE ES REPENTINO Y NO ME LO ESPERABA.
PERO TODO HA SIDO ASÍ DESDE QUE LLEGUÉ AL INFIERNO, LA VERDAD.

Y NO TENÍA NI IDEA...
ESA MUJER ERA MI MADRE...
HAN PASADO TANTAS COSAS QUE...
...NO SÉ QUÉ HACER.
TAP ス・・・
¡LO OLVIDARÁS TODO CUANDO RESUCITES, TRANQUILA!
JE
BLINK
¿AH...?
SOBRE ESA SEN-SACIÓN...
LO MEJOR ES NO PENSAR DEMASIADO EN ELLO Y SEGUIR ADELANTE.
Y TAMPOCO PASA NADA SI LO TO-MAS CON CALMA.

AISH...
TARDARÁ VARIOS DÍAS EN CONTARNOS LA HISTORIA POCO A POCO.
Y POCO A POCO PERDERÁN LA OPOR-TUNIDAD DE REGRESAR.
HAN CAÍDO DE LLENO EN LA TRAMPA DE MAMÁ.
LAS HERMANAS SE LLEVAN BIEN...
Y AUNQUE NO LO DESEEN, NO TENDRÁN ELECCIÓN.
INCLUSO LA RESURRECCIÓN...

ザァア
SHAAA
BUENO... A MÍ NO ME IMPORTA.
DOS HERMANAS, ¿NO...?
YO...
...DESEO BEBER LA SANGRE DE FUYUMI CUANDO SEA HUMANA.
¿ESO ES LO ÚNICO QUE ME IMPULSA?

¿DÓNDE DIABLOS ESTOY?
Y YA PUESTOS...
スゥ…
SNIIF
BAH, QUÉ MÁS DA.
MI OBJETIVO SIGUE SIENDO EL MISMO.
¿RESUCITAR A FUYUMI?
GOOOOO
ESO ES IMPOSIBLE, STAZ.
PRONTO DEBERÁS RENDIRTE A LA EVIDENCIA.

OKONOMIYAKI DE HIROTSUGU

RAREZA ☆☆☆☆☆

ESTÁ EN EL MUNDO HUMANO, PERO SON MUCHOS LOS QUE VIAJAN DESDE EL INFIERNO PARA DEGUSTAR SUS OKONOMIYAKI, UN PLATO DE LA COCINA POPULAR JAPONESA. SON TAN FAMOSOS QUE SE USA EL NOMBRE DEL RESTAURANTE, "HIROTSUGU", COMO ADJETIVO CUANDO ALGO ESTÁ MUY RICO.

BLOOD LAD

CAPÍTULO 28 ♠ SUPERJOVEN

¿CREES QUE VOY A COMER ALGO QUE ME DES?
PUES QUÉDATE EL DE MOCA.
TE LO RECOMIENDO.
¡QUE YO NO QUIERO!
¡¡TE HE DICHO QUE NO QUIERO!!
¡¡AH!!
SLURP
SLURP
¡ANGRY, PARA! ¡DÉJALO!
JA, JA, JA.
TU MAGIA EXCLUSIVA ES TODA UNA MONADA.
MALDITO SEA... ¡MENUDA ARROGANCIA! CREE QUE TIENE LAS DE GANAR.
COMO PERTENECE A LA NOBLEZA NO LE IMPORTAN LOS DEMÁS. INCLUSO DUDO QUE COMA HELADO DE FORMA HABITUAL.
¿ESTÁS PREOCUPADO POR BEROS?
GRR
...
?
¡YAH!
ES IRRITANTE...
OJALÁ PUDIERA MATARLE.
TSK
SLURP SLURP
PERO NO PUEDO...

PRIMERO DEBO CONFIRMAR QUE OFICIALMENTE BEROS ESTÁ INDEMNE.
MIENTRAS NO LO SEPA SEGURO, ANGRY SEGUIRÁ CON ESTE ASPECTO.
EN FIN... HE CONSEGUIDO UNA TREGUA MOMENTÁNEA, PERO HE PERDIDO MUCHA ENERGÍA DEMONÍACA, ESTOY AL LÍMITE.
Y NO PUEDO ESPERAR HASTA ESTAR RECUPERADO PORQUE SI BEROS SE DESPIERTA PRONTO... MENUDO LÍO.
¡¡DESPIERTA OFICIALMENTE, BEROS!!
¡¡NO TARDES, LIZ!!
ESTA SITUACIÓN ES MUY TENSA...
¡QUIERO OTRO!
¡YAH!

CAPÍTULO 28 ♠ SUPERJOVEN
BLOODLAD

バサ
FLAP
フワッ
SHAAA
バサ
FLAP
バサ
FLAP
HEY, CHICO.

¡¡UAAAH!!
バサ FLAP
バサ FLAP
ZUM
MI JARDÍN ES BUEN LUGAR PARA ECHAR LA SIESTA, ¿VERDAD?
AH...
¿ESTA ISLA ES TU NIDO...?
NO SOLO ESO.
HIDRA, ES DECIR, EL MUNDO EN EL QUE NOS ENCONTRAMOS...
...ES DE MI CREACIÓN.
バサッ FLAP
FLAP
MI NOMBRE ES...
...HEADS HIDRA, SU PROPIETARIO.

GRAAA
ズブ
FLUP
ズブズブ
FLUP
FLUP
シュルル‥
SHIII
...
ブウン
SHIII
EH, VEN AQUÍ.

SERÁ MÁS CÓMODO HABLAR SI ADOPTO MI FORMA HUMANA.
I ♥ NEYN
Y ME PODRÁS VER MEJOR.
RAS
RAS
¿VAS EN PIJAMA?
¡PORQUE ESTA ES MI CASA!
HAHAHA HA
¡¡Y POR LO TANTO, VISTO COMO QUIERO!!
PUES ESOS PANTALONES ESTÁN PARA EL ARRASTRE...
PARA TIRAR, VAMOS.
ESO ES PORQUE LOS TENGO DESDE QUE ME CASÉ.
¿A QUE ES GUAY?
BUENO, SÍ... SI TÚ LO DICES...

Y PC
CIERT
¿ERES EL PADRE DE BELL?
GRAB
FLISH
PUES SÍ, SOY SU PADRE, CHICO.
I ♥ NEYN
HEREDÓ SU PODER DE MÍ.
GLOC GLOC
COMO NEL NACIÓ DESPUÉS DE QUE NEYN SE UNIERA CON LA HUMANA, SUS PODERES SON DISTINTOS.
PERO AMBOS SON MIS ANGELITOS.
...
¿Y QUÉ PASA CON FUYUMI?
PUES ELLA... ES HIJA DE YANAGI.
ZAS
FLISH
PERO...
NEYN Y YO LO HABLAMOS Y DECIDIMOS QUE...
...FUYUMI SE QUEDARÁ CON NOSOTROS. LA ADOPTAREMOS.
GOOO GOOO
¿QUIERES IMPEDIRLO?

GOO GOOO
A ESO HE VENIDO.
TE EQUIVOCAS.
TAMBIÉN TE HAN TRAÍDO A ESTE LUGAR, ¿VERDAD, CHICO?
ERES EL PRIMER CHICO AL QUE BELL TRAE A CASA.
NORMALMENTE LO CELEBRARÍAMOS, PERO...
GOOO
SI HAS VENIDO HASTA AQUÍ HA SIDO POR...

...LA HIJA DE YANAGI, ¿ME EQUIVOCO?
¡¿SÍ?!
¿QUERRÍA UN POCO MÁS DE CAFÉ?
AH... NO, NO, GRACIAS.
SRTA. FUYUMI.
...
?
ESTE HOMBRE...
ES EL DOPPELGÄNGER DE MI PADRE...
SEGURO QUE MI MADRE LE CONTRATÓ PARA ASEGURARSE DE QUE NO SE TROPEZARA CON PAPÁ...
¿QUÉ TIPO DE RELACIÓN TIENE USTED CON...
...LA SEÑORA NEYN?
PFFFFF
PER... PERDONE...

¡¿A QUÉ VIENE AHORA ESA PREGUNTA, FUYUMI?!
¿ES QUE CREES QUE COMETEN ADULTERIO?
¡IN-NO ES ESO!! ¡NO QUERIA DECIR ESO!
JO, BELL...
AISH... あつつ...
LO CIERTO ES...
...QUE QUIEN ME CONTRATÓ FUE EL SEÑOR.
¿EH...?
YANAGI HA SIDO...
EL ÚNICO AL QUE HE TEMIDO...
...EN TODA MI VIDA.

ズゴゴゴゴ
GOOO
HACE AHORA CATORCE AÑOS...

¡POM!
CLONC
AAAH...
¡AH!
...
ESTOY ENAMORADO DE NEYN.
YO TAMBIÉN...
...ESTOY ENAMORADO DE MI ESPOSA.
BIEN, PUES QUE ELLA DECIDA CON CUÁL DE LOS DOS QUIERE ESTAR.
NO ES TAN SIMPLE.
OS QUIERO A LOS DOS.
¿QUÉ ES LO QUE TE GUSTA DE ESTE TÍO TAN SERIO?
PUES SU SERIEDAD.
¿QUÉ TE GUSTA DE ESTE HOMBRE TAN REBELDE?
SU REBELDÍA.
¡¿A CUÁL DE LOS DOS PREFIERES?!

¡MALDITA SEA! ¡ASÍ NO VAMOS A SACAR NADA EN CLARO!
RAS
RAS
ESTAREMOS DÍAS ASÍ.
SI NO TE GUSTA, VETE TÚ SOLO.
¡NI HABLAR!
ESCUCHADME... ¿Y SI VIVIMOS TODOS JUNTOS...?
¡¡JAMÁS VIVIRÍA CON ALGUIEN COMO ÉL!!
EL PROBLEMA NO ES SOLO NUESTRO.
EL FUTURO DE LAS NIÑAS TAMBIÉN DEPENDE DE ESTA DECISIÓN.
¡ÁBRETE, CORTINA NEGRA!
GOOOO
CIERTO.
¡¡EH, BELL!!
¡POR AQUÍ!
¡VEN CONMIGO!
CHAN
ESPERA...
¡¡BELL!!

QUÉ SORPRESA...
¿LO HAS VISTO? ME HA IMITADO.
¡Y ES TAN PEQUEÑA AÚN! ¡MENUDO PODER!
¡ESA ES NUESTRA NIÑA!
¡ALGO ASÍ NO DEBERÍA CELEBRARSE!
¿POR?
HA CREADO UN PORTAL HACIA EL INFIERNO.
Y FUYUMI, QUE ES HUMANA, ESTUVO A PUNTO DE SEGUIRLA.
NO PASÓ NADA PORQUE LAS DETUVIMOS.
PERO DE NO HABERLO HECHO...
¡AAAAH...!
¿ENTENDÉIS AHORA POR QUÉ NO PODEMOS VIVIR JUNTOS?
HUMANA Y DEMONIO...
...NO PUEDEN CRECER EN EL MISMO AMBIENTE.

QUIERO QUE FUYUMI TENGA UNA INFANCIA SEGURA.
QUIERO QUE CREZCA CON NORMALIDAD, EN UN AMBIENTE NORMAL PARA ELLA.
AUNQUE NO PUEDA HACER NADA ESPECIAL POR ELLA.
...
ASÍ PUES, A PARTIR DE AHORA...
SI NO HAY OTRO REME-DIO...
...LA CRIARÉ YO SOLO.

ME SOR-PREN-DIÓ.
I ♥ NEYN
EN EL INFIERNO NADIE HA-RÍA ALGO ASÍ, AQUÍ SOMOS EGOÍS-TAS.
TAP
ESE HOMBRE ESCOGIÓ EL FUTURO DE SU HIJA ANTES QUE SU VIDA PER-SONAL.
SHAAAA
ÉL NUNCA QUISO RENUN-CIAR A SU MU-JER.
AL FINAL, CASI LLORAN-DO, ME DIJO...
SI NO HACES FELIZ A MI MUJER...
¡...NUNCA TE LO PERDO-NARÉ!

SHAAA
HASTA ENTONCES NUNCA HABÍA TEMIDO A NADIE.
PERO EN ESE MOMENTO EMPECÉ A TEMBLAR.
¿SABES POR QUÉ?
NO ESTABA ECHÁNDOSE UN FAROL.
LAS PALABRAS SINCERAS...
...SE CLAVAN AQUÍ.
I ♥ NEYN
RESPÓNDEME.
?

POOOM
¿POR QUÉ
QUIERES
RESUCITAR
A FUYUMI?

FUYUMI, QUE YANAGI TANTO SE ESFORZÓ PORQUE FUERA HUMANA, SE HA CONVERTIDO EN UN ESPÍRITU.
EN CUANTO ME ENTERÉ, ME PUSE EN CONTACTO CON ÉL.
POM
PERO ME DIJO QUE FUYUMI HABÍA IDO A CLASE Y PARECÍA ESTAR BIEN.
COJ
ESO ES CULPA TUYA, ¿VERDAD?
FIISH
TAMBIÉN HE INVESTIGADO...
...CÓMO DEVOLVERLE LA VIDA.
TUMP

LO IDEAL SERÍA DEVOLVERLA A SU LUGAR DE ORIGEN, COMO SI NO HUBIERA PASADO NADA.
Y COMO PARECE SER QUE ESA ERA LA IDEA, HICISTE ALGO PARA QUE NO NOTARAN SU AUSENCIA.
CRAC
...
¿Y QUÉ?
TUMP
¿BUSCAS...
...ALGUNA RAZÓN PARA PEGARME?
POR CIERTO... ¿FUE MI HERMANO...
PTJ
...QUIEN TE CONTÓ TODO ESO? ¿QUÉ MÁS TE DIJO?
FUE ÉL.
Y ME DIJO QUE QUIERES RESUCITAR A FUYUMI PARA BEBER SU SANGRE.

CHICO.
DEJEMOS ESTO CLARO.
GOOO
NADIE ES CAPAZ DE VENCERME EN HIDRA.
MATARTE AQUÍ SERÍA UN JUEGO DE NIÑOS.
SIN EMBARGO, EN ESTE LUGAR, SOLO UN HABITANTE DEL IN- FIERNO...
...PUEDE RESU- CITAR A FUYUMI.

FASH
KIIIN

BRAZ ME DIJO QUE LA RESUCITARÍA POR TI.
ASÍ QUE, SI TE MATO, FUYUMI SEGUIRÁ MUERTA.
Y ESE ERES TÚ, STAZ.
PERO POR OTRO LADO, SI TE DEJO MARCHAR...
...LA MATARÁS CHUPÁNDOLE LA SANGRE EN CUANTO LA RESUCITES.

CRAAASH
EN OTRAS PALABRAS...
ME ESTÁS DICIENDO QUE ME MATARÁS SI DESEO BEBER SU SANGRE, ¿NO?
NO ES ESO.
ZAS
QUIERO QUE ME DIGAS DE CORAZÓN...
...QUÉ SIENTES POR FUYUMI.

QUE ME LLEGUE AL CORAZÓN.
NEYN
TE LO PREGUN-TARÉ DE NUEVO.
¿POR QUÉ QUIERES RESUCITAR A FUYUMI?

JO, TODA ESTA ROPA ES DEL MISMO ESTILO CURSI...
SI ME DAS UN POCO DE JABÓN LO LAVARÉ.
SOLO HAY QUE FROTAR UN POCO.
DÉJALO, OLVIDA ESE VESTIDO.
HE ENCONTRADO UNO MEJOR...
BELL...
POR CIERTO...
¿ADÓNDE ENVIASTE A STAZ?
...
¿ESTÁS PREOCUPADA POR ÉL?
NO, ES SOLO QUE...
COMO NO HA VUELTO...
おほん
COF
BUAAAAAH
?
FU...
FUYUMI...

DIME...
¿QUÉ PIENSAS DE STAZ?
¿CÓ-MO...?
ES-TÁS...
¿ESTÁS ENAMORADA DE ÉL?
...
BUENO...

¿CÓMO QUIERES QUE SEPA...
...ALGO ASÍ?

¿EH?

NO DIGAS CHORRADAS. ¿CREES QUE ME CONTENTARÉ CON ESE TIPO DE RESPUESTA?
NO SÉ CÓMO RESPONDER ALGO QUE NO SÉ.
¿QUÉ QUIERES QUE HAGA?
¿PERO QUIERES BEBER SU SANGRE?
AL PRINCIPIO PENSABA QUE SÍ, PERO AHORA...
YA NO LO SÉ.
¿SIGNIFICA QUE SIENTES ALGO POR ÉL?
PUES ESTÁ... INTENTANDO RESUCITARME...
¿SI SIENTO ALGO POR ÉL?
SOLO QUIERO RESUCITARLA.
NO LO SÉ.
PERDÓN...

AH...
AH...
PUES NADA...
AY, LA JUVENTUD...
¿CUÁNTO CREE BRAZ...
...QUE SABE SOBRE ESOS DOS?
¿Y POR QUÉ NOS HA HECHO IMPEDIR EL OBJETIVO DE STAZ?
¿QUÉ PRETENDE?

EL PALACIO DEL HELADO

RAREZA ☆

ES UN TENDERETE DE HELADOS QUE ESTÁ EN LA CALLE PRINCIPAL DE PALACE. SUS SABORES MÁS POPULARES SON EL DE CHOCOLATE CON TROCITOS DE CHOCOLATE Y EL MIX DE FRESAS.

BLOOD LAD

CAPÍTULO 29 ♠ LA MALDICIÓN Y LA PROMESA ENTRE CUATRO TATAMIS Y MEDIO

CAPÍTULO 29 ♠ LA MALDICIÓN Y LA PROMESA ENTRE CUATRO TATAMIS Y MEDIO
BLOODLAD

¿QUÉ TAL POR AHÍ?
TODO LIMPIO.
¿HUM...?
FRUS FRUS
BIEN...
¿EH? ¿QUÉ HA...?
AGENTE.
PI
EL JEFE GOYLE LA HA ESTADO LLAMANDO.
QUIERE QUE VAYA A PALACE DE INMEDIATO.
...
RESCATE EXITOSO
CLAC

¿VAS A MATARME...?
...
TE CASTIGARÉ TAL Y COMO DICTAMINAN LAS LEYES.
¿A MUERTE?
ES EL PROTOCOLO.
PERO SU MAJESTAD DECIDIÓ NO MATARTE...
¿POR QUÉ?
QUISIERA SABER LA RAZÓN.
¿Y QUÉ HARÁS CUANDO LO AVERIGÜES?
¡HARÉ QUE TODO SEA COMO DEBE SER!

JU, JU...
INTERESANTE...
ZAS
POR CIERTO...
CUANDO TE DIJE QUE NO PASABA NADA CON EL REY...
...TE MENTÍ.
LO SUPONÍA.
RECUERDO TAN VÍVIDAMENTE...
LO QUE PASÓ...
TUTUM

ドン
TUTUM

TUTUM
TUTUM

ÉL TENÍA...
...EL CORAZÓN DEL REY EN SUS MANOS.
TUTUM
EN ESE MOMENTO NACIÓ UN NUEVO REY...
TUTUM
Y TAM-BIÉN...
...MI PADRE MURIÓ.

SI HAY ALGO QUE DEBA SER REMEDIADO...
...FUE ESE MOMENTO.
POR ESO...
TU DEBER ES DETENERME, POR LO QUE NO TENGO ELECCIÓN.
SHAAA
AHORA QUE TE HAS CALMADO, YO...
GRAB
!
¡¿CÓMO?!

SEGUNDA MAGIA EXCLUSIVA...
FRSSSSH
COOL ECISION.
パキ…
PLIC
CLINC
コチ

FACILITASTE MI TRABAJO EXTENDIENDO LA MANO.
SOLO PUEDO USAR ESTO SI TENGO CONTACTO CON EL ADVERSARIO.
SIEMPRE ATACO CON ANGRY...
...Y ME DEFIENDO CON ESTA TÉCNICA.
NO ES EL PASADO LO QUE DEBEMOS REMEDIAR, BRAZ.
DEBEMOS APRENDER DEL PASADO PARA CREAR NUESTRO FUTURO.
SI LO PENSAMOS JUNTOS...
...SEGURO QUE ENCONTRAMOS CÓMO SOLUCIONARLO.
BLINK
キラン
¿EH?

SHAAAA
¿CÓ-
MO?
PLIC
BOUUUM

SHAAA
TAP
GOOO
¡¡ALÉJATE DE MI HERMANO, PELOPIN-CHO!!

パキィ・・
CRIC
ME PILLASTE DESPRE-VENIDO, PERO ES UN TRUCO SENCI-LLO.
SIGNIFICA QUE TU PODER ESTÁ ÍNTIMA-MENTE LIGADO A TUS EMO-CIONES.
...
LIZ...
DÉJA-MELO A MÍ
Y PREPARA LA TELE-TRANSPOR-TACIÓN.
SÍ, HERMA-NO.
ニギャキッ
GRAB
ENTEN-DIDO...

TUMP
SHAAAA
¡¡UGH!!
!
MENUDO PODER...
¡NO ES-CAPA-RÁS...!
HII HIII
FLASH

SHIIII
BOUM
BOUM
BOUM
GOO
GOO
CULPABLE
¡¡ANGRY!!

FUOOSH
¡YAAAAH!
BOUUUM

¡¡BRAAAAAZ!!
シュウウウ
FSSSHHHH
¡YAH!
ガッ
PLAC
¿CÓMO QUE "YAH"?
¿DÓNDE ESTÁ BRAZ?
?

...
¿LIZ...?
NO PUEDE SER...
¡¡SERÁS IDIOTA!!
¿POR QUÉ TIENES QUE ESTROPEARLO SIEMPRE TODO?
¡Y ESTA VEZ...!
¡AH!
¿HA SIDO CULPA MÍA? ¿PORQUE ME ENFURECÍ CUANDO APARECIÓ LA CHICA?
TUMP
SHII
SHII
¿POR QUÉ SE HA TENIDO QUE ENTROMETER? ¿Y POR QUÉ ME HA LLAMADO PELOPINCHO? YO...
¿ESTABA TAN CENTRADO EN DEFENDERME DE SU ATAQUE...
TUMP
...QUE NO PROTEGÍ A LIZ? YO...

¡¡HE COMETIDO UN ERROR IMPERDO-NABLE!!
¡YAH!
ES DEMASIADO TARDE PARA ARREPEN-TIRSE.
PUEDO MANIPULAR EL ESPACIO, PERO NO EL TIEMPO.
I ♥

VAYA...
¿ASÍ QUE, SI NO ESTABA SEGURO, TENÍA QUE HABER DICHO QUE NO QUERÍA BEBER SU SANGRE?
NO.
SOLO QUIERO QUE TOMES UNA DECI-SIÓN.
ZAS
GRAB
?
¿QUÉ ES ESO?
ALGO DE LO QUE NO ME ARRE-PENTIRÉ.
CRSSHHH

¿CARIÑO?
¿HEADS?
¡HE PERDIDO EL SONIDO!
¿PUEDES OÍRME?
ポイ
BLINK
NO QUIERO QUE NEYN SEPA DE QUÉ VAMOS A HABLAR AHORA.
ザッ
SHAAA
ESTO ES ENTRE TÚ Y YO.
NO SE LO DIGAS A NADIE.
パチン
TACHÁN
I ♥ NEYN

* EN JAPÓN, ES HABITUAL MEDIR EL TAMAÑO DE PISOS Y HABITACIONES SEGÚN LOS TATAMIS QUE CONTIENEN.

ESCÚCHAME CON ATENCIÓN. LA VERDAD ES QUE...
...DEJARÉ QUE FUYUMI HUYA DE AQUÍ, PERO CON UNA CONDICIÓN.
DIME, DIME.
VAMOS, SIGUE, ADELANTE.
¡AH, MUY BUENA! BUEN MOVIMIENTO.
ドドドド
BOUM
BOUM
もみもみ
FRUG
FRUG
¿EH?
AH, UN POCO MÁS A LA DERECHA...
Y DIME... ¿CUÁL SERÍA ESA CONDICIÓN?
HUM...
QUIERO QUE TE COMAS ESTO.
コロ..
RLON
ピタ..
PLIC
呪
ESTO... ¿POR QUÉ PONE "MALDICIÓN" EN JAPONÉS?
¿QUÉ ES ESTA BASURA?
¡NO ES BASURA!
CASI TODO ES VERDURA.
呪

PERO MALDITA.
NO ME GUSTA NI SIN LA MALDICIÓN...
ES MUY SENCILLO: HAZ UNA PROMESA ANTES DE COMÉRTELO Y, SI LA ROMPES, ESTARÁS MALDITO PARA SIEMPRE.
QUÉ EMPANADILLA TAN RARA.
¿Y POR QUÉ NO PONE "PROMESA"?
DÍSELO A LOS DE LA TIENDA DE SHINIGAMIS.
MENUDO NOMBRE MÁS CUTRE...
モゾッ
RLON
¡HEY!
¡SE ESTÁ MOVIENDO!
YA TE HE DICHO QUE CASI TODO SON VERDURAS.
NO SÉ CUÁL ES LA MALDICIÓN.
PERO SEGURO QUE MORIRÁS.
ESO ME BASTA.
NO ME GUSTA UN PELO.
¿QUÉ DEBO PROMETER?
ES MUY SIMPLE.
SOLO TIENES QUE OBEDECER DOS PETICIONES DE FUYUMI.

QUIERO QUE VAYAS A LA TIENDA, PROPULSADO POR TUS PEDOS, A COMPRARME UN PASTELITO.
ME APETECE UNO.
¿Y SI ME PIDE ALGO ASÍ?
¡ES FÍSICAMENTE IMPOSIBLE!
ESCÚCHAME HASTA EL FINAL.
¿QUIÉN PEDIRÍA ALGO ASÍ?
HE DICHO OBEDECER, PERO NO ES EXACTAMENTE ESO.
MIRA LA EMPANADILLA CON ATENCIÓN Y ESCÚCHAME BIEN.
PRIMERO, PREGÚNTALE A FUYUMI...
...SI ACEPTA QUE LA SAQUES DE AQUÍ. Y SI DICE QUE SÍ, HAZLO SIN MÁS.
EN SEGUNDO LUGAR, PREGÚNTALE DIRECTAMENTE...
...SI ACEPTA QUE LE CHUPES LA SANGRE. Y HAZLO SI DICE QUE SÍ.

¿PUEDES PROMETERME QUE LO HARÁS?
¿PUEDES JURARLO?
¿NI SIQUIERA PUEDES PROMETER ALGO TAN SIMPLE?
TSK
¡ESPERA, ESPERA!
¡¡LO JURO!!
¡PROMETO QUE LO HARÉ!
MUY BIEN.
バモッ
PLOC
PUEDES COMÉRTELA.

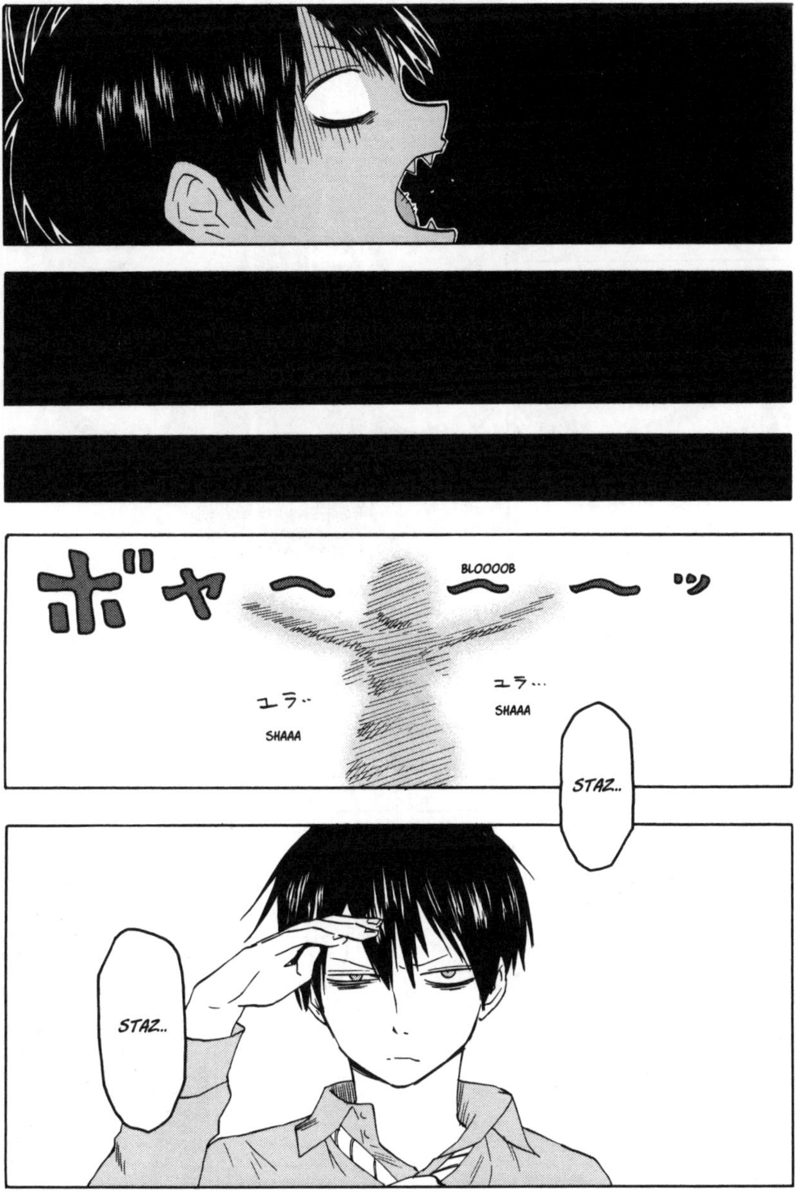
ボヤ〜〜〜ッ
BLOOOOB
ユラ…
SHAAA
ユラ‥
SHAAA
STAZ..
STAZ..

CHAN
ESA PROMESA HA SIDO UN ACTO DE EXTREMO VALOR.
ERES UN CHICO HONORABLE...
LO MÁS IMPORTANTE ES QUE AMBOS PENSÉIS IGUAL...
...Y ENTENDÁIS LOS DESEOS DEL OTRO.

STAZ...
VE CON CUIDADO.
※ CAMBIA LA VOZ.
PORQUE SI ROMPES TU PROMESA, MORIRÁS. NO PUEDO DARTE MÁS DETALLES.
AH... SÍ, VALE... YA LO ENTIENDO.
PUES VALE, MUY BIEN...
FUOOOM
BUENO, CREO QUE NO PASARÁ NADA.
ZZZZ
PUEDE QUE ME PASARA UN POCO AL PONER "MALDICIÓN".
AL FIN Y AL CABO, SOLO ES UNA EMPANADILLA HIPNÓTICA.
PERO CREO QUE BASTARÁ.

AHORA A RESOLVER MI PROBLEMA.
RAS
RAS
YA ME VALE...
SHUUU
LE HE DICHO A STAZ QUE CUMPLA SU PROMESA...
SHUUU
...MIENTRAS YO TRAICIONO LA CONFIANZA DE NEYN.
I ♥ NEYN
PERO AL MENOS ESTA VEZ...
SHUUU
...ESPERO QUE RESPETE MIS DESEOS.
TAP

¿QUÉ DEMO-NIOS...
...HAS HECHO, HEADS?
YA NO PUEDO...
...ROBARLE MÁS TESOROS A YANAGI.
ESPERO NO TENER...
...QUE ARREPENTIRME.

EMPANADILLA HIPNÓTICA

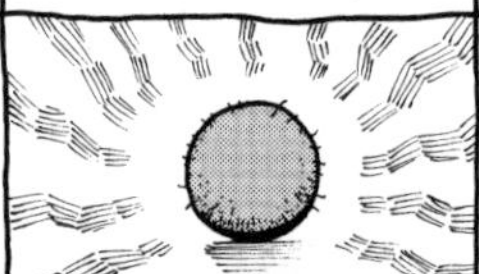

RAREZA ☆☆☆

LA COMPRÓ DE DESCUENTO EN UN ESTABLECIMIENTO LLAMADO "TIENDA DE LOS SHINIGAMI". SU SABOR ES TAN HORRENDO QUE AL COMERLA, EL SUJETO PUEDE SER HIPNOTIZADO CON FACILIDAD.

BLOOD LAD

ボヤ〜
BLURR
¡¡STAZ!!
¡¡STAZ!!
¿TE ENCUEN-TRAS BIEN, STAZ?!
CAPÍTULO 30 ♠ HÉROE OSCURO

¿FUYUMI?
SNIF
MENOS MAL... ESTABAS TAN PÁLIDO Y TENÍAS TAN MALA CARA QUE PENSABA QUE ESTABAS MUERTO...
¿QUÉ HACEMOS AQUÍ...?
...
Y YA PUESTOS... ¿DÓNDE ESTAMOS?
CREO QUE ESA PUERTA ES LA SALIDA DE ESTE LUGAR.
¿NO CREES?
¡¡HALAA!! ¡ACABO DE DARME CUENTA! ¡¡AL FINAL NO PUDE PROBAR AL VIDEOJUEGO!!
PE-PERO... ¿DE QUÉ HABLAS...?
¡¿CÓMO SE LLAMABA?! NO ME ACUERDO...
NO SÉ DE QUÉ ESTÁS HABLANDO, ACABO DE LLEGAR AQUÍ...

ME ESTABA...
CAMBIANDO DE ROPA Y...
¿QUÉ HA PASADO AQUÍ?
...
¿TE QUEDA BIEN, FUYUMI?
...
¿FUYUMI?
RAAS

UN MOMENTO ESTABA EN EL PROBADOR...
...Y AL SIGUIENTE ESTABA AQUÍ.
CONTIGO A MI LADO, INCONSCIENTE.
YO ESTABA EN AQUEL CUARTUCHO MINÚSCULO...
...Y ME COMÍ AQUELLA EMPANADILLA ASQUEROSA.
Y ENTONCES APARECIÓ AQUELLA DIOSA...
QUE HABLÓ CONMIGO...
OYE, UN MOMENTO... ¿SEGURO QUE ESTÁS BIEN...?
NO... NO ESTOY BIEN.
HICE UNA PROMESA.
FRIS

Y AHORA TODO DEPEN- DE...
...DE TUS SENTI- MIEN- TOS.
?
¿EH?
TE HAS TOMA- DO...
...DEMASIADAS LIBERTADES, HEADS.

¿NO CREES QUE LOS CHICOS...
...NECESITAN UN POCO MÁS DE TIEMPO?
POBRECILLA, ESTABA EN PAÑOS MENORES.
Y DIME...
¿QUÉ PASA AHORA QUE ESTÁN EN LA SALIDA?
SI LES DESCUBRIERAS NO LES DEJARÍAS MARCHAR, ¿ME EQUIVOCO?
TAMPOCO QUERÍA QUE BELL SE ENTERARA.
ES MEJOR ASÍ.
¿VAS A AYUDARLES A ESCAPAR?
DEJA QUE LO PIENSE...
ESCÚCHAME.
¿POR QUÉ NO PIENSAS QUÉ LE PUEDE PASAR A FUYUMI?

FUYUMI TIENE UN FUTURO...
...QUE NO ES DE NUESTRA INCUMBENCIA. NO DEBEMOS INTERVENIR.
ASÍ QUE...
¿...PREFIERES QUE LO DECIDA STAZ?
¡¡NO ES ESO!!
¡¡FUYUMI ES QUIEN DEBE DECIDIR SU PROPIO FUTURO!!
¿Y QUÉ HARIAMOS SI FUYUMI MURIERA? ¡¡DIME!!
¡¡EL DEBER DE TODO PADRE ES PROTEGER A SUS HIJOS DEL PELIGRO!!
¡¡ESTÁS EQUIVOCADO!!

¡¡SU PADRE ES...
...YANAGI!!
¡NGN!
ÉL NO PUEDE... PROTEGER A FUYUMI.

Y AHORA ELLA ESTÁ EN EL INFIERNO...
¡NO FUE CULPA DE YANAGI!
FUE CULPA MÍA.
SI YO...
...NO HUBIERA MOSTRADO MI MAGIA ANTE EL REY... MEJOR DICHO, ANTE AQUEL HOMBRE...
PLAS PLAS
PLAS PLAS

¡¡HA SIDO INCREÍBLE!!
¡DESAPARECÍA POR UN LADO Y APARECÍA POR OTRO!
GRACIAS POR EL ESPECTÁCULO, SR. HEADS.
YA...
DE NADA.
GRACIAS, HEADS.
¿CÓMO IBA A NEGARME AL DESEO DEL REY?
Y DÍGAME,
¿TENGO QUE ENVIAR A ESTE HOMBRE AL MUNDO HUMANO?
YA NO ES NECESARIO.

PANTO-MINE.
SÍ, YA ES SUFICIENTE.
PLAS
?
CREO QUE ERA ASÍ...
EH... ¡OIGA!
¿PERO QUÉ ESTÁ...?
!
¡MIRADME!
HEADS... NO TE LO TOMES A MAL, CONFÍO EN TI...
...PERO ESTA VEZ SE ENCARGARÁ ÉL.

¿ME HA ROBADO MI MAGIA ESPECIAL?
NO...
SOLO LA ESTÁ IMITANDO.
¡JA, JA! ¡AHORA SOY MÁS ALTO!
¿Y CON QUÉ FIN?
LO SIENTO, ES UN ASUNTO CONFIDENCIAL.
UNA MISIÓN DE LA QUE NO DEBE QUEDAR NINGÚN TIPO DE REGISTRO.
NO TE PREOCUPES: CUANDO ACABE, NO LE PERMITIRÉ SEGUIR USANDO TU MAGIA.
NO SUFRIRÁS NINGÚN TIPO DE MOLESTIA POR ESTO.
Y YA TE IMAGINAS...
...QUE NO PUEDES CONTÁRSELO A NADIE.

¿Y POR QUÉ ME LO HAS CONTADO?
EL REY ORDENÓ QUE NO.
PORQUE...
ESTÁS TAN ANGUSTIADA...
HEADS...
NO FUE CULPA TUYA.
EL REY TE LO PIDIÓ, Y NO SABÍAMOS NADA DE ESTO. NO HAY NADA QUE PODAMOS HACER.
PERO AUN ASÍ TE SIENTES CULPABLE...

Y POR ESO QUIERES LIBERARTE DE ESA CULPA...
...DEVOLVIÉNDOLE A FUYUMI, ¿ME EQUIVOCO?
BIEN...
SI HARÁ QUE TE SIENTAS MEJOR...
...HAZ LO QUE CREAS CONVENIENTE.
PERO...

!
...YA HE TOMADO CARTAS EN EL ASUNTO.
¿NO PENSARÁS SECUESTRAR A FUYUMI DE NUEVO?
CLARO QUE NO... SERÍA EL CUENTO DE NUNCA ACABAR.
ESTA VEZ HE CONTRATADO A PROFESIONALES.
HAY DIVERSOS ASESINOS EN EL INFIERNO...
VIRTUOSOS CAPACES DE MATAR INCLUSO A UN DEMONIO SUPERIOR.
...PERO HE ESCOGIDO A LOS MEJORES.

EL EQUIPO FEARLESS, LOS INTRÉ-PIDOS.
FAMOSOS POR CONTAR CON CAZA-DORES DE VAMPIROS.

¿QUIERES...
...MATAR A STAZ?
CLARO. POR ESO HE CONTRATADO PRECISAMENTE...
...A ESOS CAZADORES.
CUANDO PIERDES, SIEMPRE SE TE VA LA CABEZA.
¿SÍ?
SÍ. PORQUE TENDRÁN QUE ESCOGER SU FUTURO...
...IGNORANDO LA AMENAZA.

LO SIENTO... CUANDO SALGAMOS DE AQUÍ TE PROMETO QUE TE COMPRARÉ LA ROPA QUE QUIERAS.
...
¿QUÉ ES LO QUE TE PASA?
DES-DE HACE RATO.
TE VEO RARO...
NADA, ESTOY BIEN.
NO... ESTÁS... HAY ALGO DISTINTO EN TI.
ESTÁS MUY AMABLE... NO TE PEGA NADA.
¿PERO QUÉ DICES? SI SIEMPRE SOY ASÍ...
JE JE
¡ESTÁS FORZANDO TUS MÚS-CULOS EN ESA SON-RISA...!
POR CIERTO, FUYUMI... TE TENGO QUE PEDIR UN FA-VOR... BUENO, MÁS BIEN HACERTE UNA PREGUNTA.
JE JE
CIE-LOS... QUÉ MAL ROLLO DA ESA CARA. ¡QUÉ GRIMA DA ESA SONRI-SA...!
DEJA QUE TE LO PRE-GUNTE...
SOLO SI VUELVES A SER EL DE SIEMPRE.

...
VALE... NO TE PONGAS NERVIOSA, PORQUE ESTA NO ES LA PREGUNTA IMPORTANTE, PERO...
MUY BIEN... DIME QUÉ QUIERES.
¿QUIERES VOLVER A LA VIDA?
...
SI SE PUEDE, SÍ.
HASTA AHORA HAS TENIDO MUCHOS PROBLEMAS POR MI CULPA, ¿VERDAD?
¡ESA NO ES LA CUESTIÓN!
¡NO PUEDES DECIDIR ALGO SOLO PORQUE ME HAS CAUSADO PROBLEMAS!
¡QUIERO SABER SI DESEAS RESUCITAR CON TODAS TUS FUERZAS!
¿EH...?

VERÁS, ES QUE...
SI LO PIENSO,
TAMBIÉN HAS TENIDO UN MONTÓN DE PROBLEMAS PORQUE DIJE QUE TE RESUCITARÍA.
UF
Y CUANDO ME NECESITAS NUNCA ESTOY A TU LADO, Y TIENES QUE SALIR SOLA DEL PASO O ACABAS SECUESTRADA...
SIEMPRE ESTÁS EN PROBLEMAS...
...
YA...
¿ASÍ QUE TE DABAS CUENTA?
QUÉ SORPRESA...
¡NO TE BURLES!
Y ADEMÁS...
ES QUE...
MALDITA SEA, ¿QUÉ ERA LO QUE QUERÍA DECIRTE...?
ESPERA, UN MOMENTO, SEGURO QUE ME VIENE...
NO HAY PRISA.
AH, CLARO... AHORA QUE LO PIENSO, PARECE QUE EL MALO SEA YO...

LA VERDAD ES QUE TIENE BASTANTE SENTIDO: EN EL MANGA Y EL ANIME LOS VAMPIROS SUELEN SER LOS MALOS.
PODRÍA SER UN ANTI-HÉROE, PERO...
...NO CREO QUE VAYA CONMIGO.
Y ADE-MÁS..
ALGUIEN ME HABLÓ...
...DE UN HÉROE EN LA TIERRA.
QUE POR CIERTO, AÚN CONTROLO GRACIAS A MI SALIVA.
¿EH...?
Y EN-TONCES ME DI CUENTA...
...DE POR QUÉ ESTOY TAN CERCA
DE CON-VER-TIRME EN UN VILLA-NO.
FUYUMI, TENDRÍA QUE HABERTE PREGUN-TADO...
...SI QUERÍAS RESUCITAR.

PODRÉ CONVERTIRME EN UN HÉROE...

...SOLO
PARA TI.
¿EH...?
¡¿CÓMO?!

¿A QUÉ VIENE ESTO TAN DE SOPETÓN?
¡PERO BUENO! ¡RESPONDE Y PUNTO!
¡¿QUIERES RESUCITAR SÍ O NO?!
¿SI QUIERO...
...RESUCITAR?
¡SÉ SINCERA!
¡RESPONDE, VAMOS, VAMOS!
¡NO ME PRESIONES!
¡¡LO QUE QUIERAS, PERO RESPONDE CON SINCERIDAD!!
...
HE DUDADO PORQUE...

...ACABO DE REENCONTRAR A MAMÁ.
Y ME PREGUNTO SI PAPÁ HABRÁ DESAYUNADO...
SI HABRÁ HECHO LA COLADA...
...O SI SE SIENTE SOLO AHORA QUE NO ESTOY EN CASA.
¿NO TE PARECE RARO...
...PENSAR ASÍ?
YA ESTOY MUERTA, PERTENEZCO AL INFIERNO.
ESTE DEBERÍA SER MI LUGAR, PERO...
SÍ, STAZ.
QUIERO RESUCITAR.

FELIZ CUMPLEAÑOS...
...HÉROE.
¿QUÉ...?
¡JA, JA, JA! ¡DÉJALO EN MIS MANOS!
¡YO CUMPLIRÉ TU DESEO!
TUTUM
ASÍ QUE, ESTA VEZ...
YO, QUE SOLÍA SER EGOÍSTA Y HACER SOLO LO QUE ME APETECÍA...
TUTUM
¡...ME CONVERTIRÉ EN UN HÉROE OSCURO! ¡LUCHARÉ POR LOS DEMÁS!
¡Y NO PORQUE YO QUIERA, NO!
¡¡SINO PORQUE ESE ES TU DESEO!!
POM

Y AHORA, LA GRAN PREGUNTA...
ス
ZAS
VOY A SACARTE DE AQUÍ Y CUMPLIRÉ TU DESEO.
¿DE ACUERDO?
...
ESTÁS DE ACUERDO, ¿NO?
PERO... ESA PUERTA...
SOLO PUEDE ABRIRLA HIDRA, ¿NO?
¡¡NO IMPORTA, NO TE PREOCUPES POR ESO!!
¡NO CAMBIES DE TEMA Y ATIENDE, MUJER!
PERO... ¿QUÉ TE PASA? ESTÁS SUDANDO A MARES...
¡¿Y QUÉ TIENE QUE VER ESO AHORA?!

ENTONCES... ¿NO HAY PROBLEMA, NO...?
ヒク
BRR
ダク ダク
BRR
¡QUE SÍ, QUE SÍ! ¡¡PERO POR FAVOR, DEJA DE PONER ESA CARA, QUE ME DA MUY MAL ROLLO!!
¡PUES HABERLO DICHO ANTES! ¡QUE CASI ME DA UN PASMO!
¡¡HAS ESTADO A PUNTO DE CARGARTE AL HÉROE OSCURO ANTES DE QUE NAZCA!!
DE VERDAD, NO SÉ DE QUÉ HABLAS, STAZ...
PRIMERO, PREGÚNTALE A FUYUMI...
...SI ACEPTA QUE LA SAQUES DE AQUÍ. Y SI DICE QUE SÍ, HAZLO SIN MÁS.
HASTA AHORA EL CHICO LO HA HECHO BIEN.
AUNQUE ESO DEL HÉROE OSCURO ES UNA CHORRADA, PARECE QUE HA MADURADO UN POCO.

PERO A PARTIR DE AHORA...
...SERÁ TODO CADA VEZ MÁS DIFÍCIL.
Y PARA CONVENCER A SU MADRE DE QUE LE ACEPTE...
...TENDRÁ QUE CONVERTIRSE EN UN HÉROE DE VERDAD.
ズズ
ズズ
GOOOO
DEBERÁ ARRIESGAR SU VIDA...
¿SEGURO QUE...
...PUEDEN IRSE?
¿Y ME LO PREGUNTAS A MÍ?
ESA ES PREGUNTA PARA STAZ, ¿NO?

SI FUERA DE LOS QUE TIRAN LA TOALLA CUANDO HAY PELIGRO...
...NO HUBIERAS ACEPTADO MI PROPOSICIÓN.
VEAMOS...
HE ABIER-TO LA PUER-TA.
PI
¿PERO Y BRAZ?
¿CÓMO SE LO TOMARÁ?
Staz y Fuyumi están abandonando Hydra.
ME PREGUNTO SI YA HABÍAS PREVISTO...
...QUE LES DEJARÍA ESCAPAR.

PUEDE SER DIVERTIDO...
メール作成
ENVIADO
¿ESTÁS AVISANDO A LOS ASE-SINOS?
AH, ¿NO TE LO HE DICHO?
LES AVISÉ ANTES.
ゴオオオ
GOOO
LA CAZA DEL VAMPIRO...
TEAM FEARLESS
オオオ
GOOO
...ESTÁ A PUNTO DE EMPEZAR.

DARÁ INICIO EN CUANTO SALGAN DE AQUÍ...

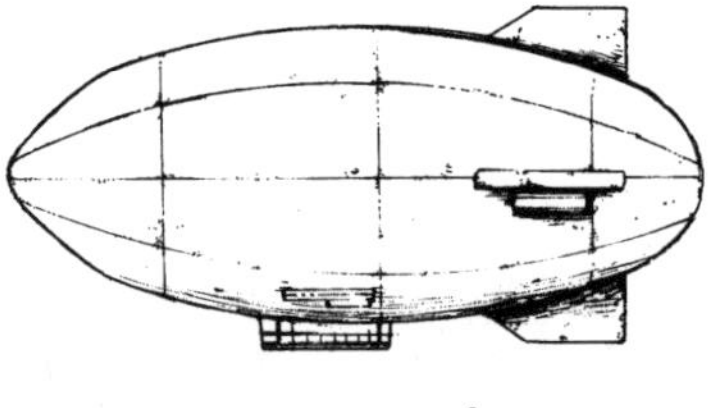

To Be Continued

BLOOD LAD

VIDA EN EL INFIERNO
LA VIDA DE BEROS
ESTA VEZ HABLAREMOS DE LA POLICÍA DEL INFIERNO.
UOOOOOOOOH
ドドドドド
うおおお
LA AGENTE BEROS... PERO ¡¿QUÉ RUIDO ES ESE?!
NADIE SABE QUE LE CUESTA MUCHO DESPERTARSE.
PI
PI
CLAC
¿Y SE DESPIERTA CON ESA ALARMA?
TIENE MENSAJES NUEVOS. PRIMER MENSAJE...
PII
¡EH, BEROS! SOY ANVI.
TENEMOS UN NUEVO CONCIERTO, EL SONIDO ES ALUCINANTE, YA VERÁS.
FRAS
FRAS
TENGO ALGUNAS DUDAS SOBRE EL DISEÑO DE LA CARÁTULA.
TE LA HE ENVIADO POR FAX, ¿ME PODRÍAS DECIR QUÉ TE PARECE?
ÑIII

EVIL Potato
...
¿NO LE MOLA?
NO.
¿LO DICE EN SERIO?
¿CÓMO ES QUE TRATA ASUNTOS AJENOS AL TRABAJO EN LA COMISARÍA?
ES QUE NUESTRA BANDA ES HARDCORE.
¿Y POR QUÉ LLEVA UNA GUITARRA ACÚSTICA...?
¿PERO POR QUÉ HABLAS CON TU SUPERIOR DE ESTILISMOS?
JEFE, COMO SE LE DAN TAN BIEN LOS ORDENADORES...
¿POR QUÉ NO LE DA UN TOQUE HARDCORE A ESTE DISEÑO?
NO LO DICES EN SERIO, ¿VERDAD? ¡NO PRETENDERÁS QUE EMPLEE TIEMPO LABORAL EN ESTO!
VENGA, QUE YA ME OCUPO YO DE SUS CASOS.
AUNQUE DECIDIÓ ENCARGARSE DE SU TRABAJO...
...MÁS TARDE SE ARREPINTIÓ.
A VER... ESTE CASO...
Y ESTE FICHERO...
¡¡AGH, MALDITA SEA!!
¿ASÍ QUE CREÍAS QUE NO SABÍA NADA DE ESTO?
SHHH
¡PORQUE HAN SIDO LOS DE SIEMPRE!
¡QUE TE CALLES! ¡¡Y LARGO!!
SÍ, ESTE SERÁ UN CASO GORDO.
¿A QUE SÍ?
A LA GENTE NO LE GUSTA UN PELO QUE SE VEAN SUS PIELES ANTIGUAS POR AHÍ.
HUM, MENUDO PROBLEMA... ASÍ QUE HA SIDO UNO QUE SE LO HA TOMADO A MAL...

BLAM
AISH...
ESTOY MOLIDA.
PERO...
...PESE A TODAS SUS QUEJAS, AL FINAL CONSIGUIÓ RESOLVER EL CASO.
¿YA LO HA TERMINADO, JEFE?
SÍ... BUENO...
A VER QUÉ TE PARECE.
NO SÉ SI HA QUEDADO BIEN DEL TODO...
EVIL Potato
¡JUA, JUA, JUA!
¡¿POR QUÉ LLEVA UN LÁTIGO?!
AUNQUE MOLA PARA UN MEME.
PARA QUE TUVIERA MÁS... ESTILO HARDCORE.
¡PUES ESTÁ BIEN! LE PODRÍAMOS DAR UN TOQUE MÁS MALIGNO, COMO USTED, JEFE...
¿Y SI TAMBIÉN LE PUSIÉRAMOS UNAS GAFAS?
PUES MIRA, COMO CONCEPTO...
Y DESPUÉS... COMO NO ESTABA DEL TODO CONVENCIDA CON EL DISEÑO...
SHIIII
AL DÍA SIGUIENTE SE LO ENSEÑÓ A LOS OTROS INTEGRANTES DE LA BANDA.
¡AQUÍ ESTÁ! ¡¿NO MOLA UN MONTÓN?!
¡MI JEFE NOS HA ECHADO UNA MANO!
¡¡ES TOTAL!!
SE ANIMARON MUCHÍSIMO.
FIN

BLOOD LAD vol. 6

Edited by KADOKAWA SHOTEN
First published in Japan in 2012
by KADOKAWA CORPORATION, Tokyo.
Spanish translation rights arranged with
KADOKAWA CORPORATION, Tokyo,
through TOHAN CORPORATION, Tokyo.

Norma Editorial, S.A. Passeig de Sant Joan, 7, principal.
08010 Barcelona. Tel.: 93 303 68 20 – Fax: 93 303 68 31.
E-mail: norma@normaeditorial.com
Traducción: Annabel Espada
Realización técnica: BRKDOLL Studio
Depósito Legal: B-1975-2013
ISBN: 978-84-679-1506-8
Printed in the EU